INQUIETUDES SENTIMENTALES

Inquietudes
多情 sentimen-
tales 的不 安

Teresa
Wilms
Montt

[智利] 特蕾莎·威尔
姆斯·蒙特 ● 著
李佳钟 ● 译

漓江出版社

TERESA WILMS MONTT

目录　　　多情的不安 1
　　　　　献给特蕾莎的一朵玫瑰花 89

多情的不安

INQUIETUDES SENTIMENTALES

前言

在把这些篇章献给读者时,我并没有试图制造文学。我只想为我的灵魂寻找一个出口,就像开闸泄洪,水流奔涌散开,淹没四邻。

我写作,仿佛可以大笑或哭泣,这些诗行里包含我灵魂中所有的洒脱和真诚。

文字既已落下,不求善意,不求评判:它们是自然情感的迸发,像鸟儿飞翔,溪水流淌,植物萌芽……

I

灯光被紫色灯罩遮住，在桌面上晕染开。

周遭物体都处在一种病态幻境般的梦游中，仿佛一个痨病患者*用手触碰了那空气，在其中留下了一丝高贵的倦怠。

无情的钟声反复敲打着时间。这让我明白，我活着；也提醒我，我病了。

我患有一种奇怪恶疾，它让人精神恍惚；这是爱情的恶果，源自不被理解的崇敬，也来自无止境的信念。

为了从感受自我内心存活的艰难任务中获得休憩，那恶疾煽动我活在另一颗心里。

* 从十八世纪到二十世纪早期，部分浪漫主义艺术家会在作品中加入患有痨病的角色(多为女性)。如《茶花女》的主角玛格丽特，《波希米亚人》里的咪咪，《汤姆叔叔的小屋》里的伊娃，《简·爱》里的海伦，及多篇爱伦·坡短篇小说中的角色等，她们往往苍白虚弱，咳血，慢慢地消瘦。其目的是营造一种病态美。

如同干渴之人想要饮水，我渴望听到一个声音，许我快活的甜蜜；我渴望一只孩童般的小手放在我困倦的眼睑上，让我不羁而冒险的灵魂平静如水。

如此我会愿意死去，就像高高在上的灯光，飘散在温柔而颤抖的阴影里。

II

黄昏时分我漫步在这慵懒的路上。秋日的树，迎风扬起瘦削的手臂，仿佛是在悲伤地哀求；落日下被愤怒染红的山脉，如同一个病中的女人，就要倒向平静的河面。

大自然！

我所能感知的内在灵魂并不为我所有。在你神秘而崇高的波澜壮阔中，我试图理解你。

我领会到星辰之君*的美丽，也注意到小草的动人悲剧：它想成为树，对抗动物的爪蹄、车轮和人类的冷漠，最后却在驴齿的咀嚼中死去，粉身碎骨。

大自然啊，如果你对伟大的生命如此仁

---

* 指太阳。

爱，为何不能对悲惨的生命也一视同仁呢？

　　大自然啊，你什么也瞒不了我。因为你中有我，我中有你：如同冶炼而成的一块金属。

　　大自然啊，你属于我。我所有宝藏都埋藏在你体内。

　　我的宝藏，是闪亮的黄金，迷倒了矿洞深处的地精[*]；我的宝藏，是白银，与你密谋，准备那让人类自我毁灭的恐怖计划；我的宝藏，是你质朴中闪烁的威严；我的宝藏，是你的熔岩之血，在火山里沸腾汹涌；我的宝藏，是你的繁花和神性的湖泊；我的宝藏，是你的山脉和峡谷；我的宝藏是你，大自然，因

---

[*] 一种在欧洲的传说中出现的妖怪，身材矮小，头戴红色帽子，身穿伐木衣，经常在地下活动，成群结队出没。

为我的双脚已经扎根，穿透了地球，我已经从你身上汲取了汁液。

我的宝藏，也是你的苦难；我的宝藏，是你母亲般无尽的痛苦；我的宝藏，是摩摩斯*的摇篮，是死神的巢穴……

我在你汁液的滋润下成长，直到头颅高傲地昂起，凝望无尽，如同望向我思念的小兄弟。

---

* 希腊神话中的嘲弄、谴责、讽刺之神,同时也是作家和诗人的守护神。他因为过于毒舌被宙斯驱逐出了奥林匹斯山。

III

一朵芳香沁人的康乃馨流着血死去。
一颗破碎的心盛在塞夫尔*盘上。
它散落的花瓣让我感到离奇怪异:就像娼妓的红唇,刀割的新鲜伤口。
我一无所有,一无所求;我的大脑沾染奇怪恶症,饱受折磨,瘫倒在桌上,如大理石般沉重。

---

* 法国法兰西岛大区上塞纳省的一个市镇,以其塞夫尔国家制造厂(Manufacture Nationale de Sèvres)生产的瓷器产品而闻名。

IV

万物啊：如果痛苦不是同永恒一样无边无际，我一定已经打破它的界限。

在思想所及之处，我的灵魂封存于哀痛的沉寂中，无可慰藉。

万物啊：我呼唤你们，并非用上帝赋予人类同爱人倾诉的声音。我用另一种声音呼唤，它由我心深处的巨大痛苦创造，源于自我的遗憾。

万物啊：我活在你们的记忆中；心脏被泪水覆盖，泪水灌溉我的纯良，就像雨水润泽大地，滋养繁花盛开。

万物啊：你们的名字是圣殿之匙，我会把我的灵魂祭献在圣殿前；这是我一生的神圣秘密，永远不会被亵渎。

如果上帝存在，如果他的正义与伟大并非一出滑稽戏，他将允诺我，在我逝去之日，我的双唇能从失去的剧烈痛苦中解脱，能再次感受到你们纯洁亲吻的甜蜜，和你们可爱的小手印在我额头的一丝清凉。

V

　　一阵冰冷的风吹熄了灯火；大门颤动，窗帘飞舞；闪电划过天空，雷声震耳。

　　我满心欢喜，等待我灵魂的姊妹*，来将大地摧毁。

　　暴风雨！我将头颅暴露在你闪电的怒火下，惊讶地屈服于你雷鸣的节奏。

　　暴风雨！我想把我的骄傲淹没在你的愤怒里。

---

*　指暴风雨。

VI

镜子!为何你要把我映照得如此年轻?为何要像小丑一样嘲笑我?你看得到,我的衰老和疲惫从我眼中穿行而过;你看得到,我的灵魂备受折磨——它仅仅渴望沉睡。

镜子,你是我的亲兄弟,你比上帝更了解我的生活。

你知道,明净的纯真曾对我的青春窃窃私语;你知道,我对一切美好事物都曾有过鸟儿般的热情;你知道,我对英俊王子的传说充满悲剧性的仰慕……你知道,美妙的音乐和柔情的歌谣曾让我啜泣,一个亲昵的词语曾让我成为另一个灵魂的奴隶;你也知道,我曾梦想的一切都有一个令人心碎的现实。

我已从艰难尝试中伤痕累累地逃离,血

流不止，在自我破碎之后，我已经放弃了。你知道，讽刺的镜子，我的生活不过是一场漫长的挣扎，疯狂追寻着狂欢的笑声。

　　请记住，钟声的敲响不只是为了宣告节庆，也预示着载着麻风病人的马车即将驶来。

VII

两只白得让人不安的乳房,一双好色且醉醺醺的眼睛,一只耽于声色大胆无礼的手,横于我的路前。一个不明所以的声音——如同在歇斯底里的抽泣中打了一个嗝——对我说:"我即情欲。来吧!"

我去了,跟着这个古怪放荡的女人去了,就像钢刀紧紧跟着磁铁。

我被神秘蛊惑……嘴唇被冰封,喉咙被铁压迫。

我目光湿润,眼睛清澈,像钻石在酒中闪烁……

我回来了,嘴唇绵软,视线模糊,双手也在自我拉扯中受伤感染,只想把自己撕碎。

我的灵魂里留下了火的印记,我感到可

怕的沮丧。

  它没在那里，那个疯女人没能带给我治疗爱情顽疾的药。

VIII

花园啊,你没有灵魂。我苍白痛苦地行经你的繁花,它们却没有为我流下一滴眼泪。

它们依然挺立在阳光下,与空气打情骂俏;在热恋的时刻,棕榈树仍然表情木讷,挥动着无精打采的手臂。

我的绝望在草坪上翻滚——草坪依旧如天鹅绒般平静。

花园啊,你没有灵魂。你看到我在疼痛中晕厥,而你的鸟儿,却噘起陶醉的小嘴,唱起最欢快的歌。

花园啊,你没有灵魂……

IX

众神身着奥林匹亚长袍,降临在我面前。他们都威风凛凛,除了爱神,他正拨弄灯火,用丘比特之箭调戏一个纸糊的日本女人——这在我的床上留下一个深色的印记。

光影的跳动是那么柔和,就像做着梦的蝴蝶飞舞在花间。

X

在那亡者之城中,有一种大理石的沉默。

墓中的雕像阴森沉寂,它们背上是星星在闪烁,如同光聚成的水滴。

没什么打扰这寂静。

在一棵意大利柏木的枝桠上,一只预示不祥之兆的黑鸟,头埋在翅膀下,等待着死者托付给生者的信息。我缓慢的脚步声回荡在哀伤的大道上,如同让人窒息的亵渎;但我双手以祈祷的姿态紧握,仿佛从大地脱离,好似两只紧紧相依的鸽子。

我前行,灵魂在每一座阴郁的墓前停留,窥视着一个个生命留下的痕迹,一声声哀鸣,一声声啜泣……

我循着冰封的阴郁平静前行,那是长眠

之人的领地,他们的心脏已被大地吞噬。

　　破晓时分,天上只剩一颗黎明之星,如同一支虔诚的蜡烛。

　　我沉醉的灵魂满怀信念,等待至高无上的主的声音打破沉默:"拉撒路*,起身向前。"

---

*　拉撒路是《圣经·约翰福音》中记载的人物,他病危时没等到耶稣的救治就死了,但耶稣一口断定他将复活,四天后拉撒路果然从山洞里走出来,证明了耶稣的神迹。

XI

墙上渗出红色的墨滴,落在地毯上,汇成一摊绯红的积水。

一些有着细长眼睛的奇怪人物,给我一枝只有一片花瓣的稀有之花;他们目光斜视,透露着挑衅和粗鄙,手里握着一串彩色念珠;他们诱惑我,把我拖入一个隐秘世界,让我身心交病地幻想。

我不愿再胡思乱想。我拉开窗帘,那些对我图谋不轨的阴影从缝隙间如水银般溜走。

太阳同我的窗户道别,它的残影映照在玻璃上,把我的阳台染得金黄。

XII

她的小手像两只不安的蝴蝶，像两朵恰好开放在微风中的花蕾。

她的小嘴是一罐红宝石，在大自然的精心雕琢下，获得生命，流出鲜血。

她的眼睛，是宁静圆月下的两片湖泊——在那里隐藏着以太*全部的蓝色。

她的额头是一块象牙板，命运用青金石的颜料在上面写下古怪而难以理解的密码。

她的头发是被溶解的黄玉，在我怀里散开时闪闪发光，如同星星串起的钻石线。

她多美啊！

她多美多温柔啊！

---

* 以太是亚里士多德所设想的一种物质，古希腊人以其泛指青天或上层大气。

她来到这个世界,让我明白什么是爱,让我知晓,我所怀抱的是最甜蜜的负担,她唤醒我心中最神圣美好的理想。

然后她离去了……梦中的现实消散了。

上帝啊,告诉我,逝者可能比我还孤独吗?

XIII

如同风吹浪起，我把头埋在双臂间开始回忆，我的痛苦也开始加剧。

我甚至开始羡慕那些连面包都没有的人们——他们拥有世间最珍贵之物，而那是我所没有的。

有人爱他们；有人温柔地倾听他们对于生活的抱怨，快乐地分享难得的幸福时刻。

在我独守的空房里，我找不到任何证据，表明我的存在对另一个生命来说是惊喜；从未有人对我说："休息吧，你活在另一颗心里。"

如果我啜泣，我的眼泪会凝结成冰——它们知道，没人会将它们擦去。如果我绝望，我只能以强大的意志力，自我安慰。

我就这样活着，总是不安，总是孤独，

沉溺在不存在的幻想里，就像孩子跟木棍做的小马玩耍，还觉得它们是真的。

这个世界怎么会在意一个梦游人的痛苦呢？这并不能触动人们的心。人们只会好奇地观望，以此取乐。

只有历经苦难的生命才拥有灵魂；只有他们才能理解另一个生命的啜泣，并怀以真切的怜悯，握住这无人爱抚的手。

多少个夜晚，我把头埋在双臂间开始回忆……

XIV

当我双目失明,伸出双手找寻,你出现了,阿奴阿利。

你出现了,我灵魂里有了生命的爆发;我心中所有的花都盛开;鸟儿也开始歌唱,庆祝这盛节。

此刻你属于我,就像指间划过的水,就像追着时光逃逸而逐渐拉长的影子;此刻你属于我,即使我永远活在害怕失去你的不安中。

我爱你的眼睛,在黄昏的倦意中,它们让我臣服于你足下;我爱你的眼睛,那是一对水晶,折射光线穿透我的瞳孔,让我的灵魂焕发新生。

在你的眼睛里我看到我隐秘的不安——

那是我灵魂谵妄的根源。

  阿奴阿利,你目光的余烬赋予我女性的神力。

  在夜晚的沉默中,我们双手紧握,我把灵魂交付于你。

XV

我渴望爱情,渴望竭尽全力穿越无尽的空间。

爱,然后为爱而死!

我受难,我屈服,直到触碰大地,就像一根断掉的树枝。

我想要活在占有一切的渴望中……我想要死。

XVI

一个忧郁的步行者,跨着大步,丈量着地面的细砖。

无形的箭矢撞在他僵硬的躯体上。

箭矢撞击地面,发出断裂的声音,像是在敲打一座破损的钟。

那荒诞的步行者,就是我焦虑的灵魂。

XVII

"是死亡，是睡眠，或许，是在做梦……"
生者的不幸和哈姆雷特一样，是刻在灵魂里的悲剧性怀疑。

在沉睡中死亡……

在死亡中沉睡……

在睡梦中，并未察觉生命已逝……

XVIII

沉默已扼杀黑夜,我还真切地活着。

住口*!那个傲慢的女人,裹着一件斗篷,踩着猫步,小心翼翼地走了过来。

走开,灵魂的小偷,背信弃义的死亡;我挑战你……来,抢走在我怀里沉睡的爱人吧。

我们之间会有一场激战。他比你强大,他将战胜你。

你会痛苦沮丧地继续穿越无限的空间——你将明白,即使你有着帝王般绝对的权力,有些东西你也必须尊重。

阿奴阿利,当你沉睡,你的身体如雕像般沉默,我饮下你的灵魂——你把它充满信

---

* 原文为法语。

任地抛之于我。

  我用双唇啜饮你，就像蜜蜂啜饮花蜜。阿奴阿利，只有你，你的容颜，你目光之中的善意光芒，减轻了我的罪恶。

XIX

在我住处的街角，有个邮筒从未休憩。每当我探出窗外，总会不经意间看到它，并对它投以友好而怜悯的目光。

可怜的邮筒！你永远昂首向着天空，直面四季的鞭挞与摧残，这多么荒谬啊！你没有牙齿的嘴坚定不移地张着，等待那些被称为信的纸张插入——它们承载着人类所有的激动与情愫。

多少苦涩和风尘都存于你心中！

但那个可怜、死板的邮筒，什么都不能说。它的创造者让它保持了缄默。

它永远呆在那个角落，无所畏惧，保持谦恭，在艳阳下风雨中永远都是红色。

邮筒啊，我理解你智慧且隐忍的灵魂，

可怜的它被禁锢在那丑陋的铁块里。

当你悲伤,你未曾有过的双眼竟湿润了,你思念起你的兄弟——阳台和街灯;还有你的姐妹——烟囱和风向标,它们和你一样也被奴役着,只有风的爱抚,时而凛冽,但终究是一种怜悯。

邮筒,我,还有那些跟我一样的人,都很同情你。我们都看到了你的灵魂。

每个午后,当阳光退去,我都会来到你面前,偷偷塞给你一封倾诉衷肠的信,希望这能减轻你生命的负担。

当心,别让邮差偷走你的秘密。看呐,邮筒,人们是多么邪恶,嘲笑最纯粹的爱情。

XX

下雨了……

雨水滴落在锌制的排水槽上,唱起了歌。

灯泡的光亮变得更加幽暗,肖像在隐秘中注视着,猫咪的呼噜声很温柔,像是装了弱音器的小提琴。

我的心等候着。我骗它,今晚爱人将会到来。

可怜的心啊,在憧憬中等待着!生命不就是一场毫无结果的无尽等待吗?

下雨了……

我的卧房里,有一股枯萎的花香,那是回忆的味道,是已逝之爱的悲伤气味。

我的心等候着……

下雨了……

XXI

黄昏时分我望着池塘,在它深处有我的倒影,其中有种神秘而严肃的沉默。

在死去的爱人眼里,也有他爱人的倒影吧。

我情愿一无所知,从头来过。世间多彩的生活一点点渗透到我灵魂里,愉悦地为我编织奇妙的惊喜。

黄昏有种转瞬即逝的美,它拖着灵魂的碎片经过:纯粹的理想主义,残缺的思想,如同未完成的艺术品。

我们的灵魂中都有着一场黄昏和一片曙光。我的灵魂高于死亡,高于生命;渴求沉睡胜过渴求清醒;它在大地上寻以安身的床榻。

XXII

一个黑影经过我门前。他双眼紧闭,手指放在嘴唇上。

他消失在路的拐角。

当我回到房间,我看见项链上的珍珠都已黯然失色,所有的镜子已被黑布遮掩……

XXIII

房间里很安静。

他睡着了。

我和周遭的灵魂都在不知所措地守护他的美梦。

在温暖的床上，他明净的身体舒展开，同缎面的羽绒混为一体。

他的眼睑是两片巨大的紫罗兰花瓣；他的头发，在枕头的纯白中，假扮成一颗蓝色天鹅绒心脏。

爱情，荣耀，幸福！

你们跌落在那静止的身影上，如同棱镜上的光彩，谦卑地化作色彩华丽的光芒，为他披上神祇的盛装。

阿奴阿利，善良美好的精灵。万物都在

沉默中：时间屏住呼吸，只为不要唤醒沉睡在我房间中的梦。我神情恍惚，紧紧握住我受伤的、患有顽疾的心脏。

XXIV

  干枯树叶被风卷起,在行道的角落旋转起舞。

  附近的小老头,他身着的破布烂衫是他贫穷的讽刺伪装;沉重的布袋压弯了他的脊背,也折磨着他病痛的肩膀。他贪婪地看着被遗忘在某家门口的废弃铁锅。

  此刻,老头只想把那铁罐里的秽物都据为己有。而这铁罐有两只脚,走起路来昂首向前,好像也有生命一般。

  该死的贫穷啊,你是毁灭性的,比死亡摧毁了更多的人!

  多少人连一张用来睡觉的草垫都没有,只能在河边的桥下休息,栖身之所满是泥泞。

  多么讽刺啊!而高高在上的天空中,有

一块白布,挡住了长着翅膀的精灵——它们未经沧桑,不知道"活着"这个词包含了多么可怕的秘密。

而那些人之所以快乐,只是因为冷酷无情的幸运宠溺着他们。他们登上无情的船舶,过着如画般的生活,在由他们同伴的血液汇成的海洋里划着船。

我并不快乐,也无法快乐。如果那样,我就无法成为不幸者的同胞,就无法拥有无限宽容的灵魂。

XXV

一个小姑娘的生命曾在我的臂弯留下温度，而今只剩下冰冷的分别。

她的小脑袋在我肩膀留下的灼热痕迹，成为我泪水的源泉——那喷涌的泉水永不枯竭。

这些小鞋子是最柔软的圣物，还保留着她花朵般小脚丫的形状——它们是我盛放亲吻的宝盒，而今它们魂飞魄散，再也无法来偿还我的爱。

我还留着她的衣服，这于我而言是一种慈悲。当我把它们铺开在床上，我会回忆起她让人怜爱的小小身体。

还有一缕她的头发，像是被遗忘的阳光。我把它紧紧系在自己脖子上，那给了我白鼬皮一般的温暖。

多少个夜晚,我紧紧抱住这些逝去幸福的遗物,直到黎明到来。

亲爱的……亲爱的!我陷入可怕的悲痛,我的心遗失在冰冷的荒野。

XXVI

黎明的街道，发疯的小丑在游荡。

本该为他披上一袭传奇色彩的圣洁白衣，现在只是肮脏染血的碎布。

当他对着月亮祈祷，那曼妙的长袖就像是一对翅膀。如今，随着他脚步的摇晃，那双长袖就像两条破布，在路途的乱石和荆棘间相互纠缠。

小丑丢失了他的信念。他知道，他的爱情不存在月亮上，他还在游荡，满眼忧伤，一声痛苦的哀号停留在他胸口。

那可怜的唇曾在另一对玫瑰色的唇间饮下欢愉，如今却是谜一般地中毒溃烂。

小丑在不觉间抵达旷野。他疲惫的双脚再也无力前行，他倒下了，就像一件失去身体支撑的衣服,倒在水池的岸边,倒在月亮的嬉笑之处。

XXVII

一……二……三！时间死在光阴的怀里。

钟楼里传来震动，人鱼的尖叫打破了沉默。

阿奴阿利，我慈悲的精灵，你在王座上投下你的目光，落在我身上。

我灵魂里有一种梦幻般的平静至福。

多想就这样温柔地死去！

阿奴阿利，给我你纯粹的旨意；给我慰藉的爱抚，那是你触不可及的优雅，还有你魔幻的灵魂之美；给我一个吻，用你满含柔情的唇。

阿奴阿利，我将我最美的歌，最纯白的颂扬，都献给你；只要你在我的心里，那里就不会有任何阴影。

又一个死亡的时刻使夜晚啜泣不止。于我而言,当我置身于你双眼的爱恋下,世间没有时间,也没有死亡,阿奴阿利。

XXVIII

我带着回忆进入被遗弃的神庙。

沉睡的时光在墙上和拱顶中留下了尸骨般的僵硬。

祭坛上还留有满是青苔的古旧黄金刺绣，暗淡的青铜器布满灰色的尘埃，给人一种宿命感，仿佛生命已经将其遗忘。

圣徒的雕像沉睡着，蜷缩在那象牙雕成的长衫的褶皱里。而它们的大理石手指，指向那些神圣幻梦的消失之处。

风琴沉默着，沉默了整整一个世纪；琴键上的珍珠贝仁慈地保留了最后一个灵魂的痕迹——它曾对其倾诉感官的神性。

智天使*的画像有些黯淡了,那曾是多么精巧的笔触;在绿色的地下墓室中,回荡着神秘主义死者们向上帝祈求的声音。

洗礼池的雪花石膏已经失去了它无瑕的白色,弥撒书还在讲稿架上,似乎还在等待。庄严的寂静斜靠着钟楼,在厌恶中消逝。

我走近风琴,弹奏起一个和弦,里面传出一种奇怪的噪音。

我惊慌失措,想要逃走,一群受惊的蝙蝠掉在我的脚上,其他的,则盘旋飞行,消失在天花板上。

---

* 新教译作基路伯。在天主教神学传统中,智天使处在最高的天使等级。而在普遍的基督教传统中,"基路伯"已被当作"天使"的同义词。

XXIX

我拨开过往的幔帐,开始回忆……

她生着病,发着烧,胡言乱语。

她滚烫的小手瘫软在我的掌心,像一只小鸟,甜蜜而信赖地呆在窝里。

她小小的身体饱受着痛苦折磨,如同叶片经历着风的震颤。

她一无所求。她的蓝眼睛,如同天空的两片奇迹,望向远处,忘记了外部的世界;那双眼睛静卧在蓝宝石的床榻,那是它们的诞生之处。

我把我全部的温柔洒满她的小床,那里已经被我泪水的温热覆盖。

现在她看着我,她困倦的眼神如天空般清澈。

那双眼睛有着神奇的力量,把我灵魂从痛苦的深处升华到了生活的表层——那我并不想要的生活,那我所轻视的生活。

"我在这里,他们告诉我:为我而活吧。"

我没有听到那超然的规劝,于是,我永远失去了那使我灵魂变得柔软的双眼——于我而言,那是缓解灼热溃烂的伤口的绷带。

生命在流逝,我残缺的生命——只是爱情之中乞讨的傀儡;而她,是命运无视我的痛苦,用残忍的利爪从我怀中夺走的圣婴。

她也在不知不觉中承受着痛苦,因为哀伤使最伟大的爱成为她心中无形冰冷的阴影。

我们因语言创造出的最伟大的两个词而连结起来;但谁也不会说出来,因为命运的冷漠让我们的心缄默无言。

她和我,天各一方,由灵魂中崇高的爱相连,我们等待着怜悯,直至死去。

XXX

如同面纱之下的脸庞,星星穿行云间,下弦月沐浴在河。

各种声音的奇妙协奏让风景富有生机。

蟋蟀和蟾蜍的叫声与狗的哀嚎交织在一起,突然消逝在银白色的空间。

小船伴着银鸥回旋的飞舞穿过运河,船桨的翼板沉没在灰色水面的波纹里。

小提琴的音符如百合花瓣散落在河面,之后登上船,去往未知的方向。一群白色候鸟远道而来,在一棵荒凉的垂柳下,倾诉各自的爱情历险。

阿奴阿利向我走来,倚靠在我小船的深处,他的目光将我麻醉,如同在我的眉间刺进一根针,扎进我的大脑。

我沉醉于艺术和理想主义，将我的思想奉献给我梦的精灵，奉献给无可替代的阿奴阿利。

XXXI

这些帽子让我想起被砍掉且被做成木乃伊的头颅,而那些挂着彩色帽带的帽子,在我看来就像被一只残暴的手扯下的头,还连着一条血淋淋的静脉。

当我看到一双手套,总觉得它们是被剖下的手的皮肤;而那些黄色的手套,总让我想起一些开始腐烂的恶心东西。

我厌恶留在床上的衣服,它们和尸体类似。

有次,我在救济院看到一个死去的疯女人,和一块被扔进棺材的紫色破布没什么区别。

XXXII

黄昏中的巨人向着大地鞠躬,虔诚专注,如同信徒面对基督。

他的瞳孔坚定又好奇,在河边的沙地上闪闪发光,在树冠和屋顶留下阴郁的目光。

城市中噪音渐弱,一切都开始休憩。人们低着头,沉默不语,像一道道影子在爬行,头上仿佛顶着死去的泰坦*一般沉重。

我倚在阳台,饮下第一缕星光,思考着,一颗没有爱的心,是否就能容下无尽的悲伤,以及,一颗为爱而活的心,到底会承受多少心碎不安……

爱,是真的存在,抑或只是人们为了更

---

* 希腊神话中曾统治世界的古老神族。这个家族是天穹之神乌拉诺斯和大地女神盖亚的子女,他们因为阉割了父亲乌拉诺斯而受到诅咒,最终被以宙斯为首的奥林匹斯神族推翻。

好地爱自己而投射在他人之上的渴望?

爱是第一股萌发的力量,用来打破灵魂中的混乱与孤独;是指引生活的方向、能量和勇气。

但,爱存在吗?

那么,这场入侵了我的存在,造就了如此多好与坏的奇异冲击,究竟是什么?

阿奴阿利,告诉我:当你用温柔的目光庇护我的灵魂,那究竟是何种感受?

究竟是什么,如双翼般张开,只为与你的光芒相逢?

我的肉体去了哪里?为何它整个在我眼前融化,而我的眼在它欲望里放大,只为把你刻在我的记忆里,如同把一支箭射进一棵老朽的树。

阿奴阿利，这，或许就是爱？

如果是这样，那么，星星一定非常相爱。它们彼此散发着光芒，就像当你的眼睛注视着我的眼睛时那样。

XXXIII

阿奴阿利,今天我还没有见到你的灵性之美,我很渴求它。

你是爱与艺术最纯粹的源泉,滋养着我理性主义的欲念。

当你的光辉渗透我的身体,我感受到了春天的降临,叹息的乐音响起,繁花也就此绽放。

阿奴阿利,当你把我抛下,我就只剩下了掘地的力气,贪婪地找寻自己的坟墓。

是否可能在睡梦中感受到周遭生命的脉搏,如同梦一场……

是否灵魂能够摆脱肉体的束缚,就像微粒漂浮在空气中,只在幸福的时刻回到世界……

人们会在梦中预见死亡，还是说死亡本身将会是一场因恐惧而冻结的梦？

是否其实我们并没有灵魂，而是宇宙之中有一个巨大的灵魂，我们共同将其感知，如果有人把它忽略，它也就对他保持沉默？

是啊，阿奴阿利。当我们找寻这个灵魂时，它就来到我们身边，把自身交付于我们，把我们淹没在一口神秘无垠的深井里。

你给我的灵魂，就像一份在爱的怀抱中最珍贵的礼物。

阿奴阿利，你为何不给我你目光中的温暖？你为何把我孤单地留在厌世的血腥爪牙中？

XXXIV

我的头发散落开来,日落初始的悲伤让我的黑眼圈更加黯淡。

生命中的不幸在我额头上留下了悲惨的印记。

我的嘴再也无力欢笑;如今它假装在笑,那悲惨的表情好像恐怖的预兆。

我一无所有,一无所有!

可怜的海难残骸,可怜的丝绸破布,曾经多么华美;可怜的光,好似垂死之人微弱闪烁。

就像老去的舞女把她们舞台华服的残骸拖进家里一样,我也拖着我的生活,在它荒谬铺张的讽刺笑声中,在狂热的欢乐中,在不幸的胜利中,肆意挥霍。

而我活着，因为死亡是懦弱的；我藏起我的哭声，因为这个时代并不理解这些歇斯底里的感伤。

而他们说，小丑的传说只存在于想象中。

当我听到这句话，我就笑了，就像地底的死者突然笑起来一样：那个死者确信自己还活着。

XXXV

以花为食的牧神*爱上了纯白洁净的森林,他向往生命的活力,四处奔跑,在溪流的岩间跳来跳去,向着树假笑,对太阳侧目而视。

他调皮的羊蹄在地上乱刨,踏过杂草,他不安分的手在过路时摘下鲜花。

牧神的最爱还是从沉睡的仙女那里偷来的玫瑰花瓣。

得手后,他便胆怯地消失了,他确信愤怒的神灵将会追捕他。他狂野的羊蹄在路上踏出欢快的节奏,与林中的声响和谐共鸣。

牧神是贪婪的,他藏在草丛中窥视,看太阳如何使果实成熟。

* 又译作法翁,半人半山羊的他是罗马神话中掌管田野和森林的神,是牧群的保护者,对应希腊神话中的潘神。他生性好色,不断地追求森林中的仙女。

一旦看到一颗粉得像彩霞般的果实，他就小心翼翼地接近，把长角的小脑袋缩在肩膀间，伸出羞怯的手，四下张望，以防意外。他摘下果子，跑到密林中去享用。他用猫似的利齿激动地咬下天鹅绒般的果肉，在愉悦中看着果汁顺着手臂流下，如同融化的丝绸。

这个调皮的小牧神，是年轻仙女的恐惧，也是老去的仙女唯一的希望。

XXXVI

月亮在长廊的立柱上打破了它苍白的和谐。

我的影子在我身边奔跑,带来了我的不安。

我俩都在寻找怀抱的庇护;在这无限的孤独中,我俩都因爱生疾,探寻着等待爱人的夜晚。

白玫瑰落满栅栏,就像一张洁白的婚床;草地上的百合成为了我无瑕的卧榻之所。

气氛中有一种情欲的不安,整个花园里弥漫着一种强烈的占有欲。

怀乡的鸟为逝去的爱情悲鸣,清澈的泉向风献上它的情歌。

我尖叫起来,那回声让我害怕;那是一

个来自我心深处的回声；是一个受到抽搐折磨的回声；是一个被爱情吞噬、从未在对爱情的渴望中得到满足的痛苦回声。

我像一头母兽，对着山峰嚎叫，爆发出连自己也无法理解的感伤。

阿奴阿利，你在哪里？

你听见了吗，我的灵魂在深渊边缘，对你发出的热切祷告？

你是善的守护神，为何不来缓解我的苦痛？

百合花在等着我们，它们光亮的小脑袋一个接一个挨在一起。夜晚还在等待你的到来，为它巨大的帷幔铺上钻石般的薄纱。

阿奴阿利，大自然将一首美妙的爱情颂歌上升到永恒。

XXXVII

一无所有。我疲于奔跑，疲于穿过世界的地下，渴望忘却自己，在心中自我了结。

自我忘却，如同一个疯子忘记现实的生活，意识却还停留在过去。

如何消除灵魂的遗憾？如何抹去曾经？

如果那泉水已经为我干涸，我要去哪里找寻甜蜜？

如果我被禁止通过那花园的大门，我要去哪里找寻幸福？

如果死亡无法将我记起，我要去哪里找寻平静？

如果我的手臂跟我的苦难一样长远，它们一定可以翻山越岭，触到幸福。

一无所有！我的思想试图上升到宇宙的努力是徒劳。没有什么能扼杀心的声音！

XXXVIII

我想在阳光下感受自我,像一个从不思考的小东西,只会散发柔软芳香。

我想在植物和繁花间飘散,仿佛色彩,仿佛香味;我想在花冠中死去,与花粉融为一体,养育外出采蜜的蜜蜂。

我想像一只夜行的蝙蝠,收起翅膀,一直沉睡,直到忘却我还有灵魂。

我想……我想要的很多,却一无所有。

XXXIX

我漫无目的地走着，沉浸在午间的乏味里。除了自己的脚步声，再没听到其他声音。

我踽踽独行，沿着不知是哪条街道，走在不知是哪个国度。

突然之间，一束紫色的光照亮了我思绪中怀乡的灰色；我看着，教堂的门上，多愁善感的花窗玻璃*，对我苍白地微笑。

一段悲惨的记忆掠过我的脑海，我感觉自己在痛苦地颤抖，于是走进信徒围起来的圈子里。

一种隐秘的恐惧让我在基督的画像前屈膝跪下——他似乎对我露出怜悯的微笑。我在那里呆了很长很长时间，从过去中活了过

---

* 原文为法语，指教堂中用于装饰的彩色玻璃。

来，我灵魂中已死的一切都已苏醒。

我想起修道院的安宁，在那段无法言喻的苦难时期，它曾是我神圣的庇护所。

我曾躺在一位天使般的嬷嬷*的膝上——她像哄孩子一样哄着我——那时我的心是多么忧伤啊！

她名叫塞西莉亚，她跟我说话时语气很温柔，像是在念诵祷词。

我孤单一人，除了她，再无其他。

我孤单一人，淹没在坟墓般的寒冷里。我的心，我的大脑，在痛苦中筋疲力尽，双臂摊开。我在找寻一个灵魂，一个怜悯我的灵魂。

---

* 对于年长或辈分高的修女的尊称。

很难用言语表达我的痛苦，表达在我的难过之中黑暗而令人厌恶的悲痛。

一切都已过去，如同疾风掠过原野；但在我心中，对那位将自己献身于基督的女士的感激之情，仍是最温柔的记忆，她对我而言是一位母亲，是最高尚的仁慈。

我长久地趴在那苍白的基督脚下；多愁善感的花窗玻璃予我以抚爱。

我想起来了！生命不就是对悲伤的永恒追忆吗？

XL

我在找寻那些唇,它们是遗忘之泉。

我在找寻那些眼睛,它们掀开宇宙的蓝色面纱,给我展示生命真正的缘起。

我在找寻那些手臂,当它们拥抱我,在我脖子上形成一个永存的花环:那些花会呼出温暖醉人的芬芳。

我在找寻你,阿奴阿利!

对我而言,再没有什么能比你给予我的一切更美。

你行过而起的风,是我想要呼吸的空气。

在那道光里,你把光带去哪里,我就想住在那里,即使我不得不变成一滴水或一颗看不见的微粒。

阿奴阿利,你仅仅用双眼就化身为我所

梦想的一切，我所能爱的一切。

在黑夜的心脏里，我将自己献给你，如同艺术家献身于自己的作品，万物将自己交给造物主，幸福，又感激热烈。

没有人会打断我们神圣的婚礼。我们将欢庆，即使生命缺席，当再无其他证明我们依存于外物之时，当我们已经完全拥有对方之时，我和你一样：由灵魂和上帝创造。

阿奴阿利，那时所有的星星会相互亲吻，最洁白的花也都将绽放。

XLI

我听到孩子的笑声。我感到丝绸般的小巧步子在地毯上奔跑……

一切都是幻觉。我在哪里都找不到幸福。

深渊,深渊啊!把灵魂淹没在深处吧!我的心!学着生存吧,不要轻易被打动!

我的心啊,这就是你伟大的代价!

你渴望存在。只有在痛苦里,我才能从对永恒的渴求中解脱。

痛苦啊,你折磨着我,但没有你我将无法存活。我的思想将会凝结,变成石头。

我听到孩子的哭泣。

一切都是幻觉……

XLII

如果地球缄默,在宇宙中停止转动,我痛苦的力量也会让它复苏,就像一潭死气沉沉的湖水,如果河流涌入其中,也会复苏。

XLIII

水中的妖女现身,她在海面上嬉闹。她放荡又疯癫,源自乳白色的中国焰火和海浪之巅的舞蹈,如同光火。

她头发极长,如金属丝般展开,迎风飘荡,破裂成一千种奇妙的色彩。

妖女用她未经雕琢的祖母绿般的深邃双眼,将地平线催眠,消解,摧毁。

她舞蹈,不知疲倦地舞蹈;她的笑声躲藏在岩石中,比起海浪的噪声,反而更加悦耳。

她冰冷的四肢布满银色的鳞片,原本身着的长衫被留在波浪中,遇难者的遗体也在海浪里甜蜜摇曳。

潮水随着月亮的引力上涨,狂躁的妖女越舞越疯,她的身体扭曲抽搐,随即消失在空中,如同被遮蔽的光亮。

一颗流星拖着发光的尾巴掠过苍穹;妖女受到惊吓,潜入海洋深处。

在她极长的头发消失的地方,出现了一只章鱼,它触手里囚禁着我精神的疾病,一种罕见的恶疾,一种极其怪异的爱情的恶疾。

XLIV

阿奴阿利,你是我生命中的魔幻精灵。

阿奴阿利,你是未知的甜蜜。你慷慨地把自己赠予我,我将为此下跪来表达我的谢意。

阿奴阿利,你为何如此残忍?或许,你没有看到我的苦难?

我在镜中窥见了你的到来,我在灯火遮蔽的光亮里瞥见了你的身影。你没有来,我激动的情绪,在我晕厥倒下时停止了。我倒在床上,抱住自己,趴在枕头里呻吟。

阿奴阿利,你难道没有发现,我在你眼中找到了丢失的幸福吗?

你知道吗?我已经忽视了全人类,只把自己献给你,最纯洁的精灵。

阿奴阿利,我害怕,一想到某天你将不再回来,我只能盲目地张开双手,在灵魂的撕扯中永无休止地等你……

阿奴阿利,阿奴阿利!

留在我身体里。

我将比你的影子更加忠诚,也会比生你养你的母亲待你更好。

XLV

肖像啊，让我跪在你面前，诵读我回忆与爱的祷告。

让我的温柔升上天空，如香炉里升起的馥郁烟云。

肖像啊，把你的目光融入我的身体，如同清泉融入荒芜草地。

活过来吧，肖像，向我伸出手，把我拖进你怀里吧。

对我说吧，肖像，用号角的乐声，在耳边对我说那些动人的情话吧。

肖像啊，请你施以爱的魔法，将你化为瞬间的生命，来躺在我心上吧。

在谎言之中，再没有更伟大的真理。

XLVI

格里格*在修长的手指的抚摸下复活了。

钢琴从它的音板下面放出一群惊恐的鸟,它们撞向窗户的方格。

一只有着蓝色血管的垂死之手,在地毯上撒满了病态的花朵;我预见了这一切,却没有亲眼看见,有人在与生命慢慢告别。

所有为爱而活的灵魂都在镜中消失了,夕阳下一个女人在哭泣中祷告。

她破碎的泪珠一颗一颗掉入水晶杯。

《三钟经》**的钟声响起,将美好的愿望散播到世界各地;天空深处的幽灵在陶醉中胡言乱语。

---

* 挪威作曲家,浪漫主义音乐时期的重要作曲家之一。
** 记述圣母领报及基督降生的天主教经文。

XLVII

苍白黯淡的黄昏，有着深不可测的阴郁秘密，它们在已经逝去的灵魂里复活，怀念未曾存在之物。

悲伤之美加剧的时刻，像巫师的眼睛一般迷人的时刻。

黄昏是一天中的奇迹，是这些事物的序章——它们互相示爱，无所事事地漂浮在世界的想象之上。

我喜欢紫罗兰的色调和午后的阳光，它们给大地披上一种浓烈的病态慵懒。

一颗饱受折磨的心，就像垂死的太阳般无常反复忧伤。

XLVIII

诡秘的影子由紧闭的百叶窗进入，装饰了我的天花板，如同艺术家的奇思妙想。

这是一个侏儒城市，唯一的居民是一只脆弱的蜘蛛——它有着大头钉一般的脚。

在一个角落里，檀香燃烧着，升起的烟雾形如纤瘦的舞者。蓝色的烟雾伸展开，直到它们像皮筋一样断掉。

一个中国面具对着衣柜笑得死去活来。

肖像被这种无缘无故的欢闹吓到了，它在低语，小心翼翼地避免被挂在扶手椅上的帽子听到——那帽子就像一颗刚割下来的头。

梳妆台的抽屉打着哈欠，露出白色的衬衫，和好似舌头一般的粉色丝带，而床古铜色的把手在跟一双鞋争论着，愤慨地抗议喝醉的鞋跟。

　　一只手套对着墙壁发出奇怪的声响。它在抽搐,如同停尸房床单上的垂死之人。

　　我屋顶上的城市天色已暗,颤抖的蜘蛛躲在它的蛛丝里,像吊床一样从一个窗台挂到另一个窗台。

　　所有在阴影中迷茫徘徊的小说里的英雄人物都回到架上,寻找他们的书页,就像天亮时灵魂回到墓地。

　　在虚无的头顶上,一个想法已经自杀。

XLIX

世界啊,如果我眼里的泪水没有流尽,它们会溢出,以求将你打动,直到形成一眼泉水,浇灭你对残忍永无止境的渴求。

世界啊,如果我能让你理解我所有的苦难,我会毫不犹豫地摘下我的心,把它扔在你的脚下。

但我知道,怜悯只是一句话,就像我知道,痛苦对你而言只是一个谎言。

特蕾莎·威尔姆斯肖像
胡里奥·罗梅罗·德托雷斯(Julio Romero de Torres)绘

献给特蕾莎的一朵玫瑰花
[李佳钟]

奥拉西奥·拉莫斯·梅希亚（Horacio Ramos Mejía）想要结束无望的爱情。1917年8月26日，这位年轻的阿根廷诗人在他的情人特蕾莎·威尔姆斯·蒙特面前割腕自杀，年仅二十岁*。奥拉西奥不会想到，他的爱情和绝望，在特蕾莎的诗句里化为悲歌。他成为特蕾莎笔下的阿奴阿利，在一声声如泣如诉的呼唤中，一次次复活。

四年后，特蕾莎也选择结束了自己的生命。1921年12月22日，她吞下一整瓶巴比妥，之后痛苦挣扎了两天，于12月24日在巴黎雷奈克医院（Hôpital Laennec de Paris）去世，

---

* 关于奥拉西奥自杀的具体年龄，各种资料众说纷纭，从19岁到22岁都有。这里采用了特蕾莎维基百科西语词条中的说法。

年仅二十八岁。特蕾莎也不会想到,她的痛苦与反抗,都随着她的作品流传至今。她短暂的生命如同流星划过天空。流星湮灭,那光芒直到今天还在闪烁。

1893年9月8日,特蕾莎·威尔姆斯·蒙特生于智利小城比尼亚德尔马(Viña del Mar)的一个贵族家庭:她父亲是德国人,据说是普鲁士皇室的后裔;母亲是西班牙人,是智利前总统曼努埃尔·蒙特(Manuel Montt)的曾孙女。特蕾莎在七姊妹中排行第二,据说她父亲当时非常想要一个男孩,大概是这个原因,她并没有得到父母太多喜爱——这或许也激发了她叛逆的天性。

特蕾莎自幼受到了良好而严格的家庭教育。她学习语言、钢琴和唱歌,学习上流社会的社交礼仪。

她和姐姐卢斯(Luz)受教于同一位家庭教师,老师对二人的态度却大相径庭——对安分的卢斯充满鼓励,对叛逆的特蕾莎总是责备。在特蕾莎的日记里,她讲述自己被罚抄写"服从"(obedecer)这个词数百次。"在语法层面,我完全理解这个词。然而,我却从未想过将它实践。"

依靠着强大的语言天赋,特蕾莎学会了法语、英语、葡萄牙语、意大利语和一点德语。在姐妹们还热爱着洋娃娃的时候,她却热衷于阅读福楼拜、波德莱尔和魏尔伦——那是在二十世纪初,女性地位十分低下,即使她生在一个贵族家庭,阅读和写作也并不被鼓励。父母给她安排的一切教育都只是为了她将来能寻到一个如意郎君。

被禁止阅读的特蕾莎只有在大家都睡了之后才能偷偷看书。母亲发现了她的秘密,两人爆发了激烈的冲突。在大吼大叫中,母亲打她、掐她,把她的书撕成碎片。还是在日记里,她用第三人称写下:

"特蕾莎不快乐。"

1910年夏天,在她父亲举行的一次活动中,特蕾莎遇到了比自己大8岁的古斯塔沃·巴尔马塞达·巴尔德斯*(Gustavo Balmaceda Valdés)。尽管遭到双方家庭的反对,当时才17岁的特蕾莎很快就和古斯塔沃结婚。她也自此同家人决裂。

两人婚后的幸福并没有持续太长时间。活跃在文化社交场合的特蕾莎遭到了丈夫的嫉妒。

"这女人不但阅读,居然还写作。"从古斯塔沃对特蕾莎的评价看,他显然不理解特蕾莎的文学抱负。1911年,特蕾莎认识了丈夫的表亲比森特·巴尔马塞达·萨尼亚图(Vicente

---

* 古斯塔沃是智利前总统何塞·曼努埃尔·巴尔马塞达(José Manuel Balmaceda)的侄子,而何塞·曼努埃尔还曾任上文提到的曼努埃尔·蒙特的秘书。何塞同议会的政治争执引发了1891年智利内战,后来战败,何塞开枪自杀。

Balmaceda Zañartu)。二人一见如故,无话不谈。妒火中烧的古斯塔沃独自上门,拜访了自己的岳父。面对女婿的恳求,老威尔姆斯这样回答:

"如果你没有别的办法,就把她扔出家门吧。"

古斯塔沃考虑过这个问题,但他的想法不一样:

"我要把她关起来,永远禁锢她。"

1911年9月25日,古斯塔沃和特蕾莎的第一个女儿埃莉萨(Elisa)出生。1912年,随着古斯塔沃的工作调动,他们举家搬去智利北部城市伊基克。

在伊基克的日子成为了特蕾莎转变的关键。她在日记中写道:"在那里我学会了真正的生活。我开始了解我所在阶层的妇女不知晓的秘密，真正的物质与道德的苦难；那些卑微、琐碎的心灵和激情，还有伟大的恶习。（我也了解了）一个人所知道的一切。我的灵魂从考验中走了出来，但却感到厌恶，还有永恒的苦涩。"

1913年，西班牙记者、著名女权活动家贝伦·萨拉加（Belén Sárraga）访问智利，举办了一系列公开讲座。自此，智利开始了有组织的女权运动。贝伦停留的城市也包括特蕾莎所在的伊基克。受到鼓舞的特蕾莎在第一时间积极投身女权、工会及新生的改革派运动。与此同时，她开始以笔名在当地刊物上发表文章。同年11月2日，她和丈夫的第二个女儿西尔维亚（Sylvia）出生。

特蕾莎在日记中这样描述在伊基克的生活："我们住在一个破旧的旅馆里，但那是港口*周围最好的旅馆，附近是各色外国佬和智利人，商人、医生、记者、作家、诗人等等。或多或少过着一种波西米亚式的生活。晚上聊天，白天睡觉，下午写作。我是那些聚会上唯一的女人……我酗酒、抽烟、尝试致幻剂**……我是无政府主义者，热情洋溢地谈论宗教，不过我这样做只是为了反对宗教。我已经开始接受共济会的思想。"

1915 年 2 月 28 日，应古斯塔沃邀请，比森特来到伊基克，协助古斯塔沃投身政治。再次相见，特蕾莎和比森特之间的情愫复又燃起。数月之后，古斯塔沃翻阅两人的信件，掌握了特蕾莎出轨的确凿证据。

经家事法庭（Tribunal familiar）审判，自 1915 年 10 月 18 日起，特蕾莎被禁闭在位于圣地亚哥的珍血修道院（Convento de la

---

* 伊基克是港口城市。
** 原文为 éter，乙醚。

Preciosa Sangre)。不但如此，她还失去了女儿的监护权，这给她造成了巨大的打击。在修道院里，特蕾莎每天祈祷，写日记。用她自己的话说，"日记让我活了下来"。

1916年3月29日，特蕾莎试图自杀，未果。同年6月，在诗人比森特·维多夫罗*的帮助下，她终于从修道院逃离。两人马不停蹄，一同前往布宜诺斯艾利斯。

布宜诺斯艾利斯成了这两位智利诗人文学之路的里程碑。在这里，维多夫罗阐述了他的创造主义理论，自此奋勇向前，成为了拉丁美洲最伟大的先锋作家之一。而特蕾莎也在此获得了新生。

正值二十世纪初期，世界日新月异：尼

---

* 比森特·维多夫罗（Vicente Huidobro），二十世纪智利最伟大的四位诗人之一，与巴勃罗·聂鲁达（Pablo Neruda）、加夫列拉·米斯特拉尔（Gabriela Mistral）和巴勃罗·德罗卡（Pablo de Rokha）齐名，也是二十世纪拉丁美洲最优秀的先锋诗人之一。作为创造主义（Creacionismo）的奠基人和先行者，他为拉丁美洲先锋诗歌的发展做出了卓越的贡献。

采高呼上帝已死；弗洛伊德试图探索心灵和梦境；爱因斯坦提出了相对论，颠覆了整个世界的认知……世界在蓬勃发展，艺术家们也在摸索新的艺术形式。欧洲的诗人开始在达达主义、未来主义和超现实主义中表达自由，拉丁美洲的诗人也不再满足于从欧洲诗歌中找到的灵感，维多夫罗、聂鲁达和巴列霍等伟大诗人都在先锋派中找到了自己的道路。

而特蕾莎有着不同的想法。比起形式上的革新，她更专注于内容上的探索。她坚持现代主义写作，往内心剖析，就如同她从小写到大的日记。她发表作品，很快得到了文艺界的认可，还认识了维多利亚·奥坎波和博尔赫斯等作家。

很快，年轻的阿根廷诗人奥拉西奥深深地爱上了特蕾莎。然而，在上一段感情中深受折磨的特蕾莎不再信任亲密关系，她对奥拉西奥的爱没有做出太多回应。1917年8月

26日，敏感而绝望的阿根廷诗人选择自我了结，在特蕾莎面前割开了自己的手腕，最后死在特蕾莎怀里。

同年，还处在悲痛中的特蕾莎出版了自己的第一部著作《多情的不安》。这部深情的作品包含了50首*动人的散文诗。正如特蕾莎在第一页所言，"我并没有试图制造文学"。她的写作就像一把刀，剖开了内心的伤口。她对痛苦的认知，对世界的感受，对逝去爱人奥拉西奥的深切缅怀，都从伤口喷涌而出。这本书受到了布宜诺斯艾利斯文学评论家们的好评，很快售空并重印。之后，她另一部作品《三首歌》(Los tres cantos) 也在布宜诺斯艾利斯出版。然而，还未从失去爱人的悲伤中走出来的特蕾莎决定再次出走。这次，她登上了一艘去往纽约的邮轮。

1918年的第一天，邮轮还在海上航行，

---

* 准确地说，是前言和49首散文诗。

悲伤过度的特蕾莎准备跳海自杀，幸好一位乘客将她救下。可当她踏上美国的土地时，她的德国姓氏、碧眼金发以及她独自旅行的行为都让美国警方怀疑她是一名德国间谍。她在爱丽丝岛*被关押了两天。重获自由之后，她再也不想于美国停留，直接登上了另一艘去西班牙的船。

特蕾莎抵达马德里。她优雅且才华横溢，很快又融入了西班牙的文艺圈。就在1918年，她的作品《在大理石的沉默中》出版。

从书名**就能看出，这两本书一脉相承。同样是悲情的散文诗，《在大理石的沉默中》比《多情的不安》更多了一种绝望的深邃。如果说《多情的不安》更多是在描绘痛苦，《在大理石的沉默中》则成为了死亡的颂歌。在这本书中，特蕾莎对已故爱人的呼唤更为

---

* 位于美国上纽约湾的一个人工岛，曾是美国主要的移民检查站。

** "沉默"的西语是quietud，就是"不安"inquietud去掉了否定前缀in。

热烈。七十多声"阿奴阿利"仿佛成为了咒语，成为了祷词，在绵绵不绝间就要突破生死。特蕾莎勇敢地把自己的悲痛、懦弱、犹豫、坚决和情欲都通通示人，一丝不挂，血肉淋漓。最后以一句决绝的诗戛然而止：

"世间只有一个真相和太阳一样伟大：那就是死亡。"

这本书大获好评，众多西班牙名流将特蕾莎视作红颜知己：胡里奥·罗梅罗[*]为她画像，拉蒙·德尔巴列-因克兰[**]为她的作品《阿奴阿利》作序，希梅内斯[***]也是她的好友，当时的西班牙国王阿方索十三世还送了特蕾莎一

---

[*] 胡里奥·罗梅罗·德托雷斯（Julio Romero de Torres），西班牙象征主义画家。
[**] 拉蒙·德尔巴列-因克兰（Ramón del Valle-Inclán），西班牙剧作家、小说家和诗人，西班牙"九八年一代"代表人物之一。
[***] 胡安·拉蒙·希梅内斯（Juan Ramón Jiménez），西班牙诗人，1956年诺贝尔文学奖得主。

个珠宝做的十字架——因为特蕾莎在签名时，总是画一个十字架来代替她化名的结尾"克鲁斯"（Cruz）。

1919年，《阿奴阿利》在马德里出版。同年，特蕾莎又在阿根廷出版了另一部作品《献给童心未泯之人的故事》（*Cuentos para hombres que son todavía niños*）。看起来，依旧年轻的她似乎走出了阴霾，往后尽是大好人生。

意料之外的事情发生了。特蕾莎曾经在伊基克的女仆告诉她，她前夫的父亲要去法国执行公务。他们会举家搬迁去巴黎，自然也会把特蕾莎的两个女儿都带去。整整五年没有见到女儿的特蕾莎毫不犹豫，收拾行李登上了开往巴黎的火车。经过争取，她每周四和周日都可以和女儿在一起——那大概是特蕾莎一生中最快乐的时光。

快乐是短暂的。1921年10月，巴尔马塞达一家回到智利，特雷莎再次失去了她的女

儿。她把自己关在巴黎的公寓里,用写作、烟、鸦片和吗啡来抵抗悲伤。她写下的最后一篇日记如下:

"我感到身体不适。我从未认真对待我的身体,当它抛弃我,我没有怨言。我一无所有,一无所获,一无所求。我要走了,跟我出生时一样一丝不挂,对世事一无所知。我饱经沧桑,那是遗忘之舟唯一接纳的行囊。死亡,在感受之后,只是虚无……"

1921年12月22日,深陷抑郁的特蕾莎吞下大量巴比妥,在痛苦挣扎了两天后,于12月24日平安夜去世。

特蕾莎曾写下一首名为《自我定义》(*Autodefinición*)的小诗,这大概也是她一生最好的概括:

"我是特蕾莎·威尔姆斯·蒙特,

虽然我比你早出生一百年，
我的生活和你的却并没有那么不同。
我也有幸身为女性。
身为女性可知世事艰难。
你比谁都清楚这一点。
我强烈地活在我生命中的每次呼吸，每个时刻。
我将女性提炼。
他们想要把我压迫，却没能成功。
当他们对我不理不睬，我站了出来。
当他们留我孤单一人，我陪伴自己。
当他们想要杀死我，我给予生命。
当他们想要把我关押，我找到自由。
当他们不予我爱，我爱得更多。
当他们要我闭嘴，我大声尖叫。
当他们打我，我奋起还击。
我被家人，被社会，
钉在十字架上，杀死，埋葬。
我比你早出生一百年，

但我觉得你跟我一样。
我是特蕾莎·威尔姆斯·蒙特,
我可不是一般的小姑娘。"

在特蕾莎去世前几个月,曾有记者对她进行采访。记者问她:"(如果有机会)你还想成为谁?"

特蕾莎的答案并不意外:"还是我自己。不然那可太无聊了。"

特蕾莎死后被葬在巴黎拉雪兹神父公墓,距离奥斯卡·王尔德墓仅数米之遥。多年以前,我独游巴黎,一天之内走马观花三大公墓。彼时的我对特蕾莎还一无所知,在拉雪兹看过王尔德等等,便直奔几公里外的蒙帕纳斯公墓。在蒙帕纳斯,我忘记了长眠于此的科塔萨尔和波德莱尔,但冥冥之中,我为杜拉斯献上了一朵白玫瑰。

在阅读和翻译特蕾莎的过程中,我不时

想起这位法国女作家。二人虽然文风迥异，但同为女权先锋，敢爱敢恨和反叛精神都贯穿各自的一生。我曾想称特蕾莎为"智利的杜拉斯"，而事实上，特蕾莎比杜拉斯早出生将近二十年。在群星璀璨的二十世纪拉美文坛，特蕾莎燃烧短暂的生命，亮起了属于自己的独特花火。无论如何，她值得我们更多目光。

若有机会重游故地，一定给特蕾莎献上一朵玫瑰花。

2022年2月14日于成都

胭+砚
project

多情的不安
特蕾莎·威尔姆斯·蒙特著，李佳钟译

在大理石的沉默中
特蕾莎·威尔姆斯·蒙特著，李佳钟译

《李白》及其他诗歌
何塞·胡安·塔布拉达著，张礼骏译

珠唾集
拉蒙·戈麦斯·德拉·塞尔纳著，范晔译

雪岭逐鹿：爱尔兰传奇
邱方哲著

青春燃烧：
日本动漫与战后左翼运动
徐靖著

自我的幻觉术
汪天艾著

阿尔塔索尔
比森特·维多夫罗著，李佳钟译

海东五百年：
朝鲜王朝（1392 –1910）兴衰史
丁晨楠著

昭和风，平成雨：
当代日本的过去与现在
沙青青著

送你一颗子弹
刘瑜著

平成史讲义
吉见俊哉编著，奚伶译

平成史
保阪正康著，黄立俊译

看得见的与看不见的
弗雷德里克·巴斯夏著，于海燕译

群山自黄金
莱奥波尔多·卢贡内斯著，张礼骏译

诗人的迟缓
范晔著

亲爱的老爱尔兰
邱方哲著

故事新编
刘以鬯著

国家根本与皇帝世仆
——清代旗人的法律地位
鹿智钧著

父母等恩：
《孝慈录》与明代母服的理念及其实践
萧琪著

说吧，医生1
吕洛衿著

说吧，医生2
吕洛衿著

摩登中华：从帝国到民国
贾葭著

一茶，猫与四季
小林一茶著，吴菲译

暴走军国：
近代日本的战争记忆
沙青青著

天命与剑：
帝制时代的合法性焦虑
张明扬著

古寺巡礼
和辻哲郎著，谭仁岸译

造物
平凡社编，何晓毅译

特蕾莎·威尔姆斯·蒙特
Teresa Wilms Montt 1893–1921

智利作家,诗人,无政府主义者,女权主义者。她生于贵族家庭,17岁与家人决裂,在经历了被囚禁于修道院、爱人在面前自杀等一系列悲剧后,她在阿根廷开始了自己的文学生涯。她的作品热烈又敏感,受到评论家和读者的好评。1921年12月24日,特蕾莎在巴黎服用过量巴比妥自杀,年仅28岁。

李佳钟
生于1994年。译有《阿尔塔索尔》。短暂停留过西班牙和拉美,现居成都。

图书在版编目（CIP）数据

多情的不安 /（智）特蕾莎·威尔姆斯·蒙特著；李佳钟译. -- 桂林：漓江出版社，2022.6
ISBN 978-7-5407-9226-8

Ⅰ. ①多… Ⅱ. ①特… ②李… Ⅲ. ①诗集-智利-现代 Ⅳ. ①I784.25

中国版本图书馆CIP数据核字(2022)第041684号

ⓒ 版权所有 侵权必究

多情的不安
DUO QING DE BU AN

作者
[智利]特蕾莎·威尔姆斯·蒙特

翻译
李佳钟

出版人
刘迪才

品牌监制
彭毅文

责任编辑
彭毅文

特约编辑
陈岚

助理编辑
陈诗悦

书籍设计
臧立平 @typo_d

责任监印
陈娅妮

漓江出版社有限公司出版发行

社址 / 广西桂林市南环路22号
邮政编码 / 541002
发行电话 / 010-65699511 0773-2583322
传真 / 010-85891290 0773-2582200
邮购热线 / 0773-2583322
网址 / www.lijiangbooks.com
微信公众号 / lijiangpress

印制 / 天津联城印刷有限公司
开本 / 787mm×1092mm 1/32
印张 / 3.75 字数 / 18千字
版次 / 2022年6月第1版
印次 / 2022年6月第1次印刷

定价
48.00元

漓江版图书：版权所有 侵权必究
漓江版图书：如有印装问题 可随时与工厂调换

胭＋砚 project: 7